O jovem Robin Hood

George Manville Fenn

O jovem Robin Hood

Tradução
Fernanda Zacchi

Principis

Esta é uma publicação Principis, selo exclusivo da Ciranda Cultural
© 2022 Ciranda Cultural Editora e Distribuidora Ltda.

Título original
Young Robin Hood

Produção editorial
Ciranda Cultural

Texto
George Manville Fenn

Diagramação
Linea Editora

Editora
Michele de Souza Barbosa

Design de capa
Ana Dobón

Tradução
Fernanda Zacchi

Ilustrações
Vicente Mendonça

Revisão
Fernanda R. Braga Simon

Dados Internacionais de Catalogação na Publicação (CIP) de acordo com ISBD

M295j	Manville, George
	O jovem Robin Hood / George Manville ; traduzido por Fernanda Zacchi ; ilustrado por Vicente Mendonça. - Jandira, SP : Principis, 2022. 96 p. il. ; 15,50cm x 22,60cm. - (Clássicos da literatura mundial).
	Título original: Young Robin Hood ISBN: 978-65-5552-800-8
	1. Literatura inglesa. 2. Ação. 3. Aventura. 4. Clássicos. 5. Realeza. 6. Ladrão. I. Zacchi, Fernanda. II. Mendonça, Vicente. III. Título. IV. Série.
2022-0850	CDD 820 CDU 821.111

Elaborado por Lucio Feitosa - CRB-8/8803

Índice para catálogo sistemático:
1. Literatura inglesa 820
2. Literatura inglesa 821.111

1ª edição cm 2022
www.cirandacultural.com.br
Todos os direitos reservados.
Nenhuma parte desta publicação pode ser reproduzida, arquivada em sistema de busca ou transmitida por qualquer meio, seja ele eletrônico, fotocópia, gravação ou outros, sem prévia autorização do detentor dos direitos, e não pode circular encadernada ou encapada de maneira distinta daquela em que foi publicada, ou sem que as mesmas condições sejam impostas aos compradores subsequentes.

Esta obra reproduz costumes e comportamentos da época em que foi escrita.

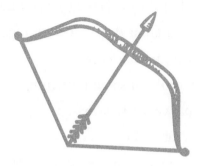

Capítulo 1

– Faça o favor de ficar quieto! Nunca vi um menino assim, fica se contorcendo como um filhote de enguia.

– Não consigo, Davi – disse o garoto, a quem o criado de semblante amargo havia se dirigido com tanta rispidez. – O cavalo está balançando e é muito escorregadio. Se eu não ficar me mexendo, vou cair.

– Você cairá em breve se não se aquietar um pouco – o homem rosnou irritado –, pois vou jogá-lo nos arbustos.

– Não vai, não – riu o menino. – Nem se atreva.

– O quê? Vou lhe mostrar, senhorzinho. Queria saber por que não lhe deram um burro ou uma mula, em vez de colocarem você pendurado em minha garupa.

– A tia falou que eu ficaria mais seguro na sua garupa – rebateu o menino –, mas não estou. É tão difícil me segurar pelo seu cinto, porque você é tão...

– Olhe aqui, senhor Robin, já me basta o que tenho de ouvir dos homens. Se me chamar de gordo, vou jogá-lo na primeira moita de espinheiros que aparecer.

– Mas você é gordo! – insistiu o menino. – E não se atreva. Se fizer isso, meu pai vai castigá-lo.

– Ele não ficaria sabendo.

– Ah, ficaria sim, Davi – sorriu o garotinho, confiante. – Os outros homens lhe contariam.

– Eles não ficariam sabendo – insistiu o homem, abafando uma risada. – Quer dizer, você não tem medo?

– Não – respondeu o menino. – Do quê, de cair? Eu poderia pular.

– Medo de atravessar esta floresta enorme e escura.

– Não. O que há a temer?

– Assaltantes e bandidos, e todo tipo de coisas horríveis. Ora, podemos encontrar Robin Hood e seus homens.

– Eu gostaria – disse o menino.

– O quê? – espantou-se o criado, e olhou em volta para os grandes carvalhos e faias por entre os quais passava a estrada quase apagada em meio àquela imensidão de verde. Depois observou tudo com o olhar bem longe, no horizonte, e voltou-se para trás das doze mulas carregadas com fardos de tecido, cada parelha conduzida por um homem armado. – Você gostaria?

– Gostaria – disse o menino. – Eu quero vê-lo.

– Que graça de menino – disse o homem. – Ora, ele o devoraria como se você fosse um rabanete.

– Não faria isso, não – disse o menino –, porque não sou nem um pouco parecido com um rabanete. E, Davi, vire seu cinto ao contrário.

– Virar meu cinto ao contrário? – indagou o homem, surpreso. – Para quê?

– Para deixar a espada do outro lado, pois fica batendo nas minhas pernas e vai me machucar.

– Sou eu que vou ficar machucado, com você me socando e enfiando essas munhecas no meu cinto. Coloque suas pernas para o outro lado. Não consigo pegar a minha espada. Eu posso precisar lutar, compreende?

– Com quem? – perguntou o menino.

– Ladrões querendo os fardos de pano. Quero conseguir levá-los a salvo até a cidade e ainda voltar para casa com os ossos inteiros. Faça o favor de ficar quieto! Está se contorcendo de novo! Como é que vou levá-lo em segurança para a casa de seu pai, se continuar escorregando desse jeito? Quer que eu lhe entregue a um dos homens?

– Sim, por favor – disse o menino, desanimado.

– O quê? Não quer montar em uma das mulas, quer?

– Quero, sim – disse o menino.
– Eu viajaria com mais conforto sentado em cima de um dos fardos. Tenho certeza de que a tia teria dito que eu deveria sentar lá, se ela soubesse.

– Olhe aqui, jovem escudeiro – disse o homem, com um tom azedo –, você fala demais e sabe demais, o que não é bom. Sua tia, minha velha senhora, me diz: "Davi, leve o senhorzinho Robin de garupa no seu cavalo, onde ele pode se segurar pelo seu cinto, e nunca o perca de vista até entregá-lo ao pai, o xerife, junto com os fardos de pano; e pode dizer ao xerife que ele se comportou muito bem durante a visita", e agora não posso fazer isso.

– Por que não pode? – disse o menino, de súbito.

– Porque você fica o tempo todo se contorcendo e balançando atrás da minha sela. Nunca conseguirei levá-lo até a cidade, se continuar assim.

O menino franziu a testa e ficou em silêncio, imaginando se conseguiria ficar parado nas duas horas que ainda faltavam, até poderem pernoitar em uma vila nos arredores da floresta de Sherwood, para então seguirem viagem na manhã seguinte.

– Gostei de ficar com a tia em Ellton – murmurou o garotinho para si mesmo, com tristeza –, e quero voltar um dia; mas gostaria de ser levado para casa da próxima vez, pois o velho Davi fica tão zangado toda vez que me mexo, e…

– Olhe aqui, rapaz – rosnou o homem, virando-se em sua sela –, se não ficar quieto, vou pegar uma das cordas de carga e amarrar em você, como um saco. Nunca vi um filhote de enguia tão irrequieto na minha… Ei, vejam só!

O homem deu um puxão nas rédeas do cavalo. Mas não era necessário, pois o robusto animal havia inclinado as orelhas para a frente e parado bruscamente. No mesmo instante, as mulas adiante se agitavam, e os homens que as conduziam começavam a se amontoar.

O JOVEM ROBIN HOOD

De repente, o caminho foi bloqueado por uns dez homens com gibões verdes gastos pelo tempo, cada um com um arco longo, um feixe de flechas nas costas e um cajado na mão.

Davi, servo confidencial e capataz de tia Hester, da fábrica de tecidos em Ellton, voltou os olhos subitamente para trás, em direção à meia dúzia de mulas sobrecarregadas. Depois delas, viu outros dez homens, aproximando-se, e mais estavam vindo por entre as árvores, pela direita e pela esquerda.

– Ei! Todos vocês – gritou Davi para seus homens. – Espadas em riste! Precisamos lutar pelo tecido da senhora.

Enquanto falava, agarrou o punho da espada e começou a puxá-la, mas ela não saía da bainha. Durante todo esse tempo, chutava as costelas do cavalo com os calcanhares, e, como resultado, o robusto animal deu um coice e um pinote, abaixou a cabeça e saiu correndo a galope, com Davi segurando-se no pito da sela.

Dois dos homens tentaram apanhar as rédeas, mas chegaram tarde demais. Viraram-se para os condutores de mulas, que seguiam o exemplo de seu líder e tentavam escapar por entre as árvores, largando as mulas amontoadas, guinchando e escoiceando.

O jovem Robin só viu dois pacotes rolar para o chão quando o cavalo bateu em disparada. Estava segurando com toda a força no cinto do velho Davi, e o animal galopava para longe, com meia dúzia de ladrões tentando interceptá-lo.

O pequenino sentia que era sacudido, golpeado e ferido conforme o cavalo disparava com Davi, cabeça e o pescoço esticados. Houve uma chispada sob alguns galhos baixos e outra chispada por cima de uma touceira de espinheiros e samambaias altas. Depois o cavalo desembestou aguerrido contra uma moita baixa, e houve um puxão violento quando saltou, seguido por uma sensação de que os braços do menino estavam sendo arrancados dos ombros, uma chispada no ar, um golpe forte, uma sensação de rasgamento, e tudo era tontura e dor.

O ROBUSTO ANIMAL DISPAROU EM GALOPE, COM DAVI SEGURANDO-SE NO PITO DA SELA.

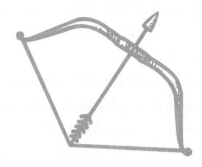

Capítulo 2

Não é agradável ser derrubado por um homem da garupa do cavalo e cair de cabeça.

Foi isso que o jovem Robin pensou ao sentar-se e esfregar o local, com o semblante desolado e triste.

Mas ele não parecia estar de todo sozinho na floresta densa, pois havia outra jovem criatura, um pisco-de-peito-ruivo de olhos grandes e casaca sarapintada sentado sobre um galho que observava o menino com interesse. Robin não conseguia pensar em nada além de si mesmo, na cabeça que doía e nos arranhões, alguns dos quais estavam sangrando.

Então pôs-se a escutar e ficou contente ao ouvir uns gritos, um pisoteio de mulas e uns gravetos quebrando.

Sentia-se tonto e confuso. Depois de se desvencilhar de uma vegetação rasteira, sentou-se no que parecia ser uma almofada de veludo verde, mas era apenas a raiz coberta de musgo de uma grande faia que o protegia como um telhado, deixando tudo agradável e sombreado.

Naquele momento, tudo era calmo e parecia reparador, depois de ser sacudido e chacoalhado na garupa do cavalo. Robin também sentia cansaço, e o estado abatido e meio desorientado de seu cérebro impediu-o de se alarmar com a situação estranha em que se encontrava. Sentindo-se dolorido, cansado, decidiu estirar-se sobre o musgo. Ao fazer isso, olhou para cima, por entre as folhas da grande árvore, por onde pôde ver o brilho dos raios avermelhados do sol. Não demorou muito e pegou no sono.

Tudo estava escuro, silencioso e estranho. Por alguns minutos, não conseguiu entender por que estava ao ar livre, sobre o musgo, em vez de estar na casa da tia Hester em Ellton, ou em casa, na cidade de Nottingham.

Mas em seguida lembrou-se do que havia acontecido, e por um momento sentiu-se muito, muito assustado. Foi surpreendente também quando, bem de perto, alguém parecia começar a chamá-lo de um modo estranho, gritando:

– Uuuu, uuu, uuu!

Mas logo em seguida percebeu que era o pio de uma coruja. Um instante depois, adormeceu novamente. Acordou com o brilho forte do sol, agora mais consciente de tudo o que lhe acontecera. Sentou-se no musgo e decidiu esperar que o velho Davi viesse e o puxasse para cima do cavalo novamente.

– Se eu começar a vagar por aí – disse a si mesmo –, Davi não vai me encontrar. Ele vai voltar para casa e dizer ao pai que estou perdido...

Robin ficou quieto, esperando pelo resgate. O filhote de pisco-de-peito-ruivo veio e olhou para ele novamente, como se tentando entender por que a outra criaturinha não arrancava as flores pela raiz e cavava para encontrar vermes e larvas, e por fim voou para longe.

De repente, houve um tamborilar de patas, e apareceu meia-dúzia de cervos com pelagem sarapintada. Um deles tinha chifres achatados, grandes e pontudos. Mas, ao primeiro movimento de Robin, os bichos dispararam por entre as árvores, dando uma série de pinotes.

Depois, houve outro longo intervalo. Robin pensava em como estava faminto, quando algo caiu perto dele com uma pancada forte. Naquele instante, ao olhar para cima, avistou um animalzinho de cauda peluda e olhos atentos, espiando de cima de um grande galho como se procurasse algo que havia deixado cair.

– Esquilo! – exclamou Robin.

O animal o ouviu e, na mesma hora, demonstrando seu aborrecimento pela presença de um intruso, começou a bater a cauda e ralhar à sua moda, em alto e bom som, murmurando algo que parecia uma repetição meio rápida da palavra "chato".

Ao perceber que ralhar não adiantava e que o menino não ia embora, o esquilo adotou a segunda melhor opção: ficou pulando de galho em galho. Enquanto isso, o menino começou a observar ao redor da árvore em que estava. Cansado de esperar por Davi, ele levantou-se e partiu, adentrando a floresta. Levou um susto ao ouvir um grito áspero, que foi respondido primeiro de um lugar e depois de outro pelo ruidoso bando de gaios, os passarinhos cujo feliz sossego havia sido perturbado.

O JOVEM ROBIN HOOD

Para Robin, foi como se o primeiro tivesse gritado: "Ei! Tem um menino aqui". Cansado de esperar e faminto como estava, o pequenino ficou de tal modo irritado com a gritaria constante e hostil que saiu dali às pressas, seguido por uma explosão do que pareceram ser gritos zombeteiros, na intenção de encontrar a trilha que cruzava a floresta. Mas não tinha ido muito longe quando se viu em uma clareira pontilhada por carvalhos grandes e bonitos, quase coberta pelas folhas largas das samambaias, que eram agitadas por algo que passava por baixo delas e emitia um grunhido. Logo em seguida, avistou um dorso negro comprido, depois outros, e viu que estava perto de uma manada de porquinhos pretos à caça de frutos secos caídos dos carvalhos, as bolotas. Um dos porcos encontrou o menino no mesmo instante e saudou-o com um som agudo, muito parecido com o latido de um cachorro.

De imediato, foi imitado pelos outros membros da manada, que, com muitos latidos e grunhidos, partiram para o ataque, pois não se limitaram a ameaçar. A vida na floresta tornara-os agressivos o suficiente para serem perigosos.

O primeiro pensamento de Robin foi fugir, mas ele sabia que quatro patas são melhores do que duas para ganhar terreno e sentiu que a manada iria atacá-lo com mais violência se vissem que estava com medo.

Sua ideia seguinte foi subir até o primeiro galho bifurcado de uma das árvores grandes, mas sabia que não daria tempo. Assim, obedeceu ao terceiro palpite, que foi pular até onde estava um grande galho seco, pegá-lo e acertar com ele o focinho do porco que estava à frente dos outros.

O jovem Robin Hood

Aquele golpe operou maravilhas. Fez o porco preto que o recebeu soltar um grunido. Imediatamente, seus companheiros pararam e ficaram ganindo ao redor dele. Mas o golpe partiu em dois o galho seco, e os ferozes animaizinhos voltaram a atacar, quando uma voz gritou:

– Ei! Você aí batendo nos meus óincs!

Robin então viu um garoto, talvez uns dois anos mais velho do que ele, correr no meio do rebanho, espalhando os porcos com um longo cajado, fazendo-os correr para todos os lados.

– Por que está batendo nos meus óincs? – gritou o garoto, incisivo, enquanto encarava fixamente o estranho visitante da floresta, lançando um olhar estranho para o gibão roxo e branco do pequenino, bem como para seu chapéu adornado por uma pequena pena branca.

– Eles iam me morder – disse Robin rapidamente, ao mesmo tempo.

– Está fazendo o quê, aqui? – indagou o garoto.

Robin contou sua desventura e terminou dizendo:

– Estou com muita fome e quero ir para casa. Onde posso tomar café da manhã?

– Sei não – respondeu o garoto. – Coma isto aqui.

Ele tirou um punhado de bolotas de uma sacola suja e estendeu-as. Robin pegou-as com avidez, colocando uma entre os dentes brancos e mordendo-a, para então fazer uma careta de nojo.

– É amargo – disse. – Não está bom para comer.

– Faz nossos óincs engordar – disse o menino –, olhe pra eles.

– Mas eu não sou um porco – disse Robin. – Quero comer pão e leite. Sabe onde consigo?

O garoto fez que não com a cabeça.

– Onde você mora? – perguntou Robin.

– Co' meu senhor.

– Onde é isso?

O garoto negou com a cabeça e olhou para o chapéu e a pena, abrindo e fechando uma das mãos.

– Você me mostra o caminho de casa, então?

O garoto mais uma vez negou com a cabeça, e agora olhava para o gibão de veludo, depois para sua própria vestimenta, que consistia em um pedaço de saca com uns buracos para a cabeça e os braços passarem, preso com um cinto feito de uma tira de couro de vaca.

– Posso mostrar onde conseguir alguma coisa – disse, por fim.

– Então me mostre – pediu Robin.

– Me dê essa jaqueta e esse chapéu – falou o garoto, com uma voz rouca e grave.

– Dar a você as minhas roupas? – indagou Robin, surpreso. – Não posso fazer isso.

– Então eu vou pegar! – rosnou o garoto.

– Estou com muita fome! – exclamou Robin. – Se você me mostrar onde conseguir algo, eu lhe darei meu chapéu e a pena.

– Quero a jaqueta também – insistiu o garoto.

– Eu disse que não posso lhe dar – vociferou Robin.

– Então eu vou pegar.

Robin se encolheu, e o garoto avançou contra ele com violência.

O JOVEM ROBIN HOOD

– Nada disso – gritou. – Está vendo esta vara aqui? Se tentar fugir, jogo-a para cima de você, e ela quebra suas pernas e joga você para o chão, e eu mando os óincs atrás de você, e eles vão trazer você de volta rapidinho.

Robin respirou fundo. Sentia calor, o coração batia acelerado, e sua vontade era de dar um murro em seu opressor. Mas o jovem guardador de porcos era grande e forte, e o pequenino sabia que não poderia fazer quase nada contra um inimigo daquele tamanho.

Por fim, o garoto rosnou:

– E agora, vai me dar suas coisas?

– Não – disse Robin, entre os dentes; e outra vez fez-se silêncio.

– Me dê aqui, e levo você até onde eles moram, e eles vão lhe dar cervo assado e talvez porco assado, pois sumiram dois dos nossos. O senhor diz que os contou, e não estavam todos lá, e ele me deu uma coça porque deixei levarem os porcos. E, da outra vez que ele contou, tinha mais do que antes, mas me passou o chicote mesmo assim. Me dê essas coisas, e vou levar você lá onde vai ter muito para comer: leite, ovo e maçã. Escutou?

– Eu não vou dá-las a você. Eu não posso, não devo – gritou Robin, a plenos pulmões.

O garoto não disse nada, mas olhou para seus porcos, dois dos quais estavam lutando.

Enquanto apontava o cajado para os animais, Robin saiu correndo, porém, antes que percebesse, o garoto agarrou-o, jogou-o no chão e sentou-se sobre o peito dele.

G. Manville Fenn

– E agora, vai dar o chapéu e o gibão para mim? – gritou o garoto pastor. Em seguida, arrancou o chapéu de Robin e atirou-o não muito longe, fazendo com que meia dúzia de porcos avançassem até ali. E a última coisa que Robin viu, ao lutar com bravura para livrar-se do inimigo, foi seu chapéu de veludo ser mastigado por um porco enquanto outro arrancava dele a pluma.

Foi uma luta corajosa, mas tudo em vão, e alguns minutos depois o garoto estava de pé, triunfante, sobre o pobre Robin, com o vistoso gibão enrolado debaixo do braço. O pequenino lutou para ficar de pé vestindo apenas as meias que iam até o joelho e a camisa de linho branco, sentindo calor, irritado e rasgado e desejando com toda a sua força que fosse grande e forte como o opressor que o havia dominado.

– Não falei que ia pegar? – disse o jovem brigão, com um sorriso de vitorioso. – Deveria era ter dado no começo, assim eu não teria machucado você. Ande, agora vou mostrar onde conseguir comida.

Em sua raiva e vergonha, Robin sentia que não lhe apetecia comer naquele momento, só queria se esconder bem longe entre as árvores. Mas as próximas palavras de seu inimigo tiveram sua influência.

– Você não precisa disto aqui – disse ele, mostrando o gibão. – Tem roupa o suficiente agora. Melhor que isso, nem eu tenho. – Apontou o dedo em uma direção e falou: – Ande, vá, siga reto para lá; eu vou mostrar onde conseguir comida. Escutou?

– Não quero ir agora – respondeu Robin, zangado.

O JOVEM ROBIN HOOD

– Ah, não quer? Pois eu quero que vá a-go-ra! E tem mais! Quando eles derem comida para você, trate de separar um pouco para mim. Traga muito, viu, que eu como bastante. Agora ande.

– Não posso, não quero ir – gritou Robin. – Vá você primeiro.

– O quê? Aí o senhor chega e vê que eu saí? Até parece! Ele ia me bater com a cinta de novo. Ande, siga aí.

Robin estremeceu, pois o jovem brigão pegou a vara e deu--lhe um cutucão, como faria com um de seus porcos. Mas o pequenino não pôde evitar e continuou na direção ordenada, por entre as árvores, a floresta ficando cada vez mais escura, até que de repente ouviram-se umas vozes, e o garoto parou.

– Siga reto para lá – ele disse –, e eu vou esperar.

– Não, vá você – disse Robin. – Você os conhece.

– Sim, claro! E eles querem mais porcos! Quer que eu leve no couro de novo?

Robin disse "Não", mas sentiu o tempo todo que gostaria de ver o jovem tirano ser açoitado e forçado a devolver o gibão dobrado. Pensou também com tristeza em seu chapéu arruinado e perdido.

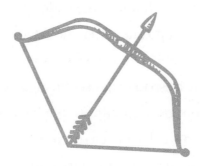

Capítulo 3

– E, ó, não demore – gritou o jovem pastor de porcos, ameaçando-o com o cajado em riste.

Sentindo-se agora, além faminto, desesperado, sentindo também que seria melhor cair em outras mãos quaisquer, o pequenino correu, seguindo uma trilha pouco visível que serpenteava por entre as árvores, até que de repente chegou a uma clareira, cara a cara com um grupo de umas cinquenta ou sessenta pessoas atarefadas, que se ocupavam com um amontoado sob uma faia bem frondosa.

O primeiro ato de Robin foi ficar de pé e fitar aquele amontoado, que consistia em fardos semelhantes aos que tinha visto as mulas carregarem alguns dias atrás. E amarradas a poucos metros de distância estavam as mesmas mulas, ao passo que a pequena multidão de homens ocupados guardava uma forte semelhança com o grupo que cometera o ataque no dia anterior.

Naquela época, Robin não sabia nada sobre o velho ditado de estar entre a cruz e a espada, mas sentiu algo do tipo quando se viu cara a cara com os saqueadores que haviam se apoderado dos fardos de pano e colocado os servos de sua tia para correr. E, sem um instante de hesitação, virou-se e começou a voltar depressa, mas correu para os braços de um sujeito enorme que o pegou como se fosse um bebê.

– Olá, gigante! – exclamou o homenzarrão –, quem é você?

Os homens que estavam com ele, armados com longos arcos e flechas, começaram a rir, animados.

– Solte-me, solte-me! – gritou o menino, lutando com toda fúria.

– Parado, parado, meu pequeno Galo Robin – disse o homem, em seu jeito brincalhão. – Não lute, ou vai bagunçar suas penas.

O menino parou de lutar imediatamente.

– Como você sabia que meu nome era Robin? – disse.

– Adivinhei, baixinho. Muito bem, não vou machucar você. De onde você veio?

– Ellton – disse o garoto.

– Mas o que está fazendo aqui na floresta?

– Vocês vieram e lutaram com Davi, e espantaram a ele e os homens, e essas são as nossas mulas e o nosso pano.

Robin parou de repente, porque o homem soltou um alto assobio e depois caiu na gargalhada.

– Ah, então é isso? – disse. – E então seu nome é Robin, é?

O pequenino acenou com a cabeça.

– Sim – disse. – E o seu?

– João – disse o grandalhão, com um sorriso simpático. – E eles me chamam de Pequeno porque eu sou grande assim. O que acha disso?

– Eu acho que é muito ridículo – disse o menino. – Achei que você fosse o Robin Hood.

– Pois achou errado. Mas, se achasse que era aquele ali, teria acertado. Lá vem ele.

O menino olhou com admiração para um homem alto que parecia baixo ao lado de João Pequeno e estava chegando de casaco verde e cinto marrom, uma espada do lado, aljava de flechas pendurada nas costas e arco longo na mão.

– Que passarinho da floresta você pegou aqui, João? – disse.

O menino viu que ele sorria de um jeito agradável e não parecia nem violento nem ameaçador.

– Um filhote de pisco-de-peito-ruivo – disse o grandalhão. – Parte do saque de ontem.

– Quero encontrar o caminho de casa – disse o menino. – Você pode mostrá-lo para mim, por favor?

– Mas você não veio aqui para a floresta só de camisa e meias, não é, meu rapazinho? – disse o grande fora da lei.

– Não; alguém roubou meu chapéu e gibão, senhor.

Robin Hood franziu a testa.

– Quem foi? – indagou com raiva. – Descubra, João, e vamos dar-lhe com os arcos nas costas. Conte quem foi o homem

ROBIN CORREU PARA OS BRAÇOS DE UM SUJEITO ENORME, QUE O PEGOU COMO SE FOSSE UM BEBÊ.

que o despiu, meu jovenzinho – continuou, virando-se para o menino.

– Não foi um homem – disse o pequeno –, mas um garoto que cuida de porcos.

– O quê? Um jovem pastor de porcos? – gritou o fora da lei, rindo. – Por que você deixou? Por que não lutou por suas roupas como um homem?

– Eu lutei – disse o jovem Robin com firmeza –, mas ele era tão grande que me derrubou e sentou em cima de mim.

– Ah, isso faz toda a diferença. Ele era grande como? Grande como este homem?

O jovem Robin olhou para o gigante que o pegara e negou com a cabeça.

– Não – disse –, nem a metade dele. Mas era mais forte do que eu.

– Imagino que sim. Bem, traga-o para cá. João Pequeno, vamos ver se as mulheres arranjam umas roupas e um chapéu para ele. Você gostaria de algo mais para vestir, não?

– Eu gostaria de comer alguma coisa – respondeu o menino, bastante sério. – Não comi nada desde o café da manhã.

– Não faz muito tempo – disse Robin Hood. – Não comemos nada desde o café da manhã.

– Mas quero dizer desde o café da manhã de ontem – rebateu o jovem Robin, desanimado.

– O quê? – exclamou João Pequeno. – Ora, o pobre menino está morrendo de fome. Mas logo vamos resolver isso. Venha cá!

O primeiro movimento do jovem Robin foi recuar diante do grandalhão, mas ele sorriu de maneira tão divertida e amistosa que o menino lhe deu as mãos e, em um instante, foi erguido e colocado a quase dois metros de altura sobre os grandes ombros do sujeito, depois levado para um lugar semelhante a um barracão aberto com telhado de palha. Robin Hood, levando o arco a tiracolo, caminhava ao lado.

– Aqui, Marian – gritou o fora da lei. O coração do jovem Robin deu um pulo, e ele fez um movimento para descer e ir até a mulher de rosto doce que vinha apressada, de olhos arregalados e surpresa, de vestido verde e cabelo comprido, macio e encaracolado descendo pelas costas, mas preso em volta da testa por uma faixa prateada e lisa na qual algumas flores da floresta haviam sido colocadas.

– Oh! Robin – gritou ela, corando de satisfação. – Quem é este?

– É alguém para você cuidar – disse o fora da lei, que sorriu ao ver o semblante iluminado da moça. – Ele está faminto e cansado. O pessoal dele fugiu, deixando-o sozinho na floresta.

– Oh, pobrezinho! – exclamou, enquanto João Pequeno descia o menino e o colocava aos pés dela. – Venha comigo.

O jovem Robin deu-lhe a mão e lançou-lhe um olhar cheio de confiança, antes de se dirigir aos dois homens, pois todos os seus problemas pareciam ter acabado agora.

– Obrigado por me trazerem aqui – disse –, mas vocês são os corajosos Robin Hood e João Pequeno, de quem ouvi meu pai falar?

– Atrevo-me a dizer que somos os homens de quem ele falou – disse o fora da lei, sorrindo. – Mas quem é o seu pai, e o que ele disse?

O jovem Robin Hood

– Meu pai é o xerife de Nottingham – disse o menino –, e disse que um dia iria pegar você e seus homens, porque vocês eram muito perversos e maus. Mas ele não sabia como são bons e gentis, e lhe direi isso quando vocês me mandarem para casa.

Os dois homens trocaram olhares com a jovem Marian.

– Veremos – disse o fora da lei. – Mas você está quase morrendo de fome, não está?

– Sim, estou muito, muito faminto – disse o menino, lançando um olhar ansioso para sua nova protetora, cuja mão segurava.

– Faminto? – perguntou.

– Sim, ele não comeu nada desde ontem de manhã. Mas você pode resolver isso.

– Oh, pobrezinho, pobrezinho! – exclamou a mulher. Ela rapidamente levou o jovem Robin para debaixo do abrigo e em muito pouco tempo ele lhe sorria com gratidão, pois ela colocara diante do menino uma tigela com um leite doce e fresco e alguns dos melhores pães que ele já provara.

Enquanto comia com rapidez, Robin foi respondendo prontamente às perguntas de Marian sobre quem era e como havia chegado lá. E não lhe pareceu muito terrível que as mulas e suas cargas tivessem sido tomadas, pois o velho Davi havia sido muito bravo e severo com ele por ter ficado cansado, e essas pessoas na floresta haviam sido muito gentis.

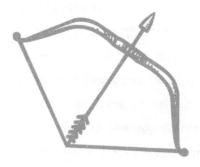

Capítulo 4

Era uma vida muito estranha para um menino acostumado a todos os confortos, mas o jovem Robin gostava dela, pois tudo parecia tão novo e diferente, e os homens o tratavam como se o menino tivesse vindo até eles com o propósito de ser transformado em mascote.

Eles eram, é claro, foras da lei e ladrões ferozes, prontos para apontar seus arcos e espadas contra qualquer um. Mas os pobres que viviam na floresta e nas redondezas gostavam deles e os ajudavam, pois os homens de Robin Hood nunca lhes faziam mal. E, quanto ao jovem Robin, todos estavam dispostos a levá-lo consigo e mostrar-lhe as maravilhas da floresta.

No segundo dia depois de sua chegada ao acampamento, o menino perguntou quando lhe mostrariam o caminho de casa e indagou de novo no terceiro dia, mas apenas para ser informado, nas duas vezes, de que deveria ir em breve.

No quarto dia, esqueceu-se de perguntar, pois estava ocupado com o grande João Pequeno, que sorriu de satisfação quando o jovem Robin decidiu ficar com ele em vez de ir com alguns dos homens à floresta para caçar um cervo.

O jovem Robin esqueceu-se de perguntar quando lhe mostrariam o caminho de casa porque João Pequeno tinha prometido fazer para ele um arco e flechas e ensiná-lo a usá-los. O grande e alto fora da lei também manteve sua palavra e, muito antes do anoitecer, pendurou um chapéu no galho quebrado de um carvalho e pôs o jovem Robin para praticar a cerca de vinte metros de distância, atirando flechas no alvo.

– Você tem de acertar ali toda vez que atirar – disse João Pequeno. – E, quando conseguir fazer isso a vinte metros de distância, terá de fazer a quarenta. Agora, comece.

Pois o arco estava pronto, fora fabricado com um pedaço de teixo, e meia dúzia de flechas haviam sido finalizadas.

– Acha que consegue acertar? – indagou João Pequeno, depois de mostrar ao menino como amarrar o arco e encaixar o entalhe da flecha na corda.

– Sim, claro – disse Robin, com confiança.

– Isso mesmo! Pois logo você será capaz de matar um cervo.

– Mas eu não quero matar um cervo – disse o menino. – Eu quero ver alguns, mas não gostaria de matar um deles.

– Espere até estar faminto, meu bom camarada – disse João Pequeno, rindo. – Mas olhe só! Está ótimo nesta manhã; parece um de nós. Marian fez esse gibão verde para você?

O JOVEM ROBIN HOOD

– Sim – disse o menino.

– Está certo. Seu chapéu e a pena, também. Mas, agora, veja se consegue atingir o alvo. Puxe bem a flecha em direção à cabeça antes de soltá-la. Minha nossa, que dedinhos esquisitos e desajeitados você tem!

– É mesmo!? – exclamou Robin, que pensava que as mãos de seu professor eram as maiores que ele já tinha visto.

– Como dedos de bebês – disse João Pequeno, sorrindo para o menino como se estivesse se divertindo muito. – Pois, agora, puxe bem em direção à cabeça.

– Não consigo, é muito difícil.

– É porque você não está acostumado. Tente outra vez. Segure firme e puxe com força. Com firmeza. É assim que se faz. Agora, solte e dispare.

O jovem Robin obedeceu, e lá se foi a flecha, descendo por entre as árvores, para cair no chão, mal dando para ver as penas por cima das folhas caídas.

– Não atingiu o alvo – disse João Pequeno. – Nem chegou perto.

O jovem Robin balançou a cabeça.

– Você olhou para o alvo quando soltou a flecha?

– Não – disse Robin. – Eu fechei os olhos.

– Tente novamente e mantenha os olhos abertos.

Robin tentou e tentou de novo, até que disparou todas as suas seis flechas, depois parou e olhou para João Pequeno, e João Pequeno olhou para ele.

– Você não conseguiria matar um cervo para o jantar hoje – disse o grandalhão.

– Não – disse o jovem Robin –, é muito difícil. Você teria acertado?

– Acho que conseguiria até se estivesse dez vezes mais longe – disse o grandalhão, com voz baixa.

– Oh, tente, por favor! – exclamou Robin.

– Muito bem. Vamos só pegar suas flechas primeiro, ou podemos perder algumas delas. Sempre pegue suas flechas enquanto elas estão frescas, quer dizer, enquanto você se lembra de onde elas estão.

As flechas foram apanhadas, principalmente por João Pequeno, cujos olhos eram muito perspicazes para descobrir onde as flechas haviam caído. Depois voltaram, e Robin teve de correr ao lado do grande companheiro, pois ele começou a se afastar a passos largos, contando enquanto caminhava, até que deu duzentos passos a partir da árvore seguindo um dos becos da floresta, quando parou de repente.

– Agora, meu pequeno arqueiro – disse –, acha que consigo acertar o alvo nesta altura?

– Não – disse Robin, incisivo –, estamos longe demais. Mal consigo ver o chapéu.

– Bem, vamos tentar – disse João Pequeno, colocando a corda no arco e escolhendo com cuidado uma flecha da aljava que levava nas costas. Passou essa flecha duas ou três vezes pela mão para alisar as penas e endireitar a haste, antes de encaixar o entalhe na corda.

– Então você acha que estamos longe demais? – disse João Pequeno.

– Sim, muito.

– Muito bem, vamos tentar – disse o grandalhão friamente.
– Onde devo acertar o chapéu, no meio?

– Não – disse Robin –, bem na parte de cima da aba.

– Muito bem – disse o grandalhão, pondo-se de pé bem ereto e meio de lado, segurando o arco no comprimento do braço esquerdo e puxando lentamente a flecha em direção à cabeça. Então, quando Robin olhou na direção do chapéu que mal se via, pendurado no tronco da árvore...

Tuéng!

A flecha havia sido disparada, e o arco emitira uma estranha e profunda nota musical.

Robin olhou atentamente para João Pequeno, e o grande fora da lei olhou para ele.

– Para onde foi aquela flecha? – disse o menino.

– Vamos ver – disse João Pequeno.

– Acho que nunca mais a encontraremos – continuou Robin.

Eles voltaram, o fora da lei muito devagar, e Robin bem rápido para acompanhá-lo.

– Talvez não – disse João Pequeno –, mas não costumo perder minhas flechas.

"Essa passou direto pelas samambaias", pensou Robin, e ficou feliz com a ideia de o grandalhão ter errado o alvo.

Conforme se aproximavam, ele mantinha os olhos fixos no grande tronco que mal se via na sombra, tendo tropeçado duas vezes nas folhas de samambaia, mas safou-se de uma queda e continuou a fitar o tronco da árvore, até que o chapéu pendurado no velho galho foi ficando mais nítido, exatamente como antes.

Conforme se aproximavam, Robin foi fixando os olhos no chapéu e de repente, ainda de longe, ele viu uma marca branca na aba, que não estava lá antes. Continuou caminhando sem nem piscar.

Pouco depois, os olhos de Robin começaram a se abrir mais, pois ele sabia que estava olhando para a ponta emplumada da flecha, apontando diretamente para ele. Foi então que pôde ver a flecha inteira, exceto a ponta, que havia atravessado a aba do chapéu.

– Ora, você acertou! – gritou com entusiasmo.

– Bem, foi o que tentei fazer – disse João Pequeno.

– Mas você acertou bem no lugar que eu disse.

– Sim, você me mandou fazer isso – respondeu João Pequeno, sorrindo. – É assim que você deve aprender a atirar quando crescer e se tornar um homem.

O jovem Robin não disse nada, mas ficou esfregando uma orelha com muita delicadeza e olhando para o chapéu.

– Então… – disse João Pequeno, sorrindo para seu companheiro – no que você está pensando?

– Estava pensando que é muito maravilhoso que você atire assim de tão longe.

– Estava mesmo, agora? – disse João Pequeno. – Pois não é nada maravilhoso. Se você continuar tentando por alguns anos, também conseguirá. Eu vou ensinar você. Pode ser?

– Eu adoraria que fizesse isso – disse Robin, balançando a cabeça –, mas não posso ficar aqui. Preciso ir para casa, para ficar com meu pai.

– Precisa mesmo? – disse João Pequeno. – Ir para casa para ficar com seu pai e sua mãe, é?

Robin negou com a cabeça.

– Não – disse ele –, minha mãe morreu, e eu moro às vezes com o meu pai e às vezes com a minha tia. Vou para a casa do meu pai agora, assim que você me mostrar o caminho. Quando você vai me mostrar?

João Pequeno franziu o rosto até ficar cheio de rugas.

– Ah – disse ele –, não sei. Você precisa perguntar ao capitão.

– Quem é o capitão? – disse o menino.

– Hein? Ora, Robin Hood, é claro. Mas eu não perguntaria a ele ainda.

– Por que não?

– Hein? Por que não? Porque pode ser complicado. Veja, é um caminho longo, e você não poderia ir sozinho.

– Ora, você poderia me mostrar – disse o jovem Robin. – Você mostraria, não?

– Eu mostraria, se pudesse – respondeu João Pequeno –, mas receio não poder.

– Oh! Você conseguiria, tenho certeza – disse o jovem Robin. – Você é tão grande.

– Ah, sim, sou grande o suficiente – disse João Pequeno, rindo –, mas, se eu o levasse para casa, seu pai não me deixaria voltar. E, além disso, o capitão não me deixaria ir, por medo de que eu fosse assassinado.

– Assassinado? – indagou o menino, olhando para seu companheiro. – Por quê, quem iria matá-lo?

– Seu pai, talvez.

– O quê? Por ser gentil comigo?

– Eu não posso explicar todas essas coisas para você, piolhinho. Tem alguém vindo. Vamos perguntar para ele.

Robin Hood vinha andando calmamente na direção deles.

– Oi! Capitão! O jovem escudeiro quer que eu o leve para casa.

Ele se aproximou da dupla, sorriu e balançou a cabeça.

– Ainda não, pequenino – disse. – Não posso ficar sem João Pequeno. Por quê, você não está feliz aqui no bosque sob as árvores? Achei que você gostasse de nós.

– Eu gosto, sim – disse o jovem Robin –, e adoraria ficar por muito tempo, observar os cervos e os pássaros e aprender a atirar com meu arco.

– Isso mesmo. Muito bem, pequenino – gritou Robin Hood, dando tapinhas na cabeça do menino.

– Mas receio que meu pai fique zangado se eu não tentar ir para casa.

– Então tente ser feliz, meu menino – disse Robin Hood –, pois você se esforçou muito para voltar para casa e não pode ir.

– Por quê? – perguntou o jovem Robin.

– Por uma dúzia de razões – disse o fora da lei, sorrindo. – Aqui estão algumas: você não conseguiu encontrar o caminho; você morreria de fome na floresta; você pode encontrar pessoas que fariam com você coisa pior do que fez o jovem guardador de porcos, ou encontrar animais selvagens; e a maior de todas, eu não vou deixar você ir.

O jovem Robin ficou em silêncio por alguns segundos e depois disse rapidamente:

– Você pode mandar João Pequeno me levar para casa. Meu pai ficaria muito feliz em vê-lo.

Robin Hood e o grandalhão recém-citado se entreolharam e riram.

– Sim – disse Robin Hood, dando outro tapinha no ombro do menino. – Ora, exatamente. Seu pai, o xerife, ficaria tão feliz em ver João Pequeno que o deteria por lá. E eu não posso abrir mão dele.

– Não acho que meu pai seria tão indelicado – disse Robin.

– Mas eu tenho certeza de que sim, rapazinho – disse o fora da lei. – Ele ficaria tão feliz em pegar o homem que iria estragá-lo. Ei, João! O que você acha?

– É, iria sim – disse João Pequeno, balançando a cabeça. – Ele iria me estragar, com certeza. Ele me arrancaria um pedaço, talvez, ou me penduraria como enfeite. Não, meu rapazinho, eu não poderia levar você para casa.

– Pronto – disse o fora da lei, sorrindo. – Você deve esperar, meu menino. Tente se contentar com o lugar onde está. Marian é muito boa para você, não é?

– Oh! Sim! – exclamou o menino, com o rosto radiante. – E é por isso que não quero ir.

– Opa! – bradou João Pequeno. – Ora, você disse há pouco que queria ir!

– Disse? – indagou o menino, reflexivo.

– Certeza que disse. O que isso significa?

O jovem Robin Hood

– Significa – respondeu o menino, olhando pensativo de um para o outro – que sinto que devo ir para casa, mas acho que gostaria de ficar.

– Viva! – gritou João Pequeno, pulando e sacudindo o chapéu. – Ouviu isso, capitão? Você tem mais um para juntar aos seus homens contentes. O jovem Robin e eu formamos o par perfeito. Venha, jovem, vamos praticar tiro ao alvo, depois faremos tantas flechas que sua aljava ficará abarrotada.

Cinco minutos depois, o jovem Robin ficava de pé do jeito como havia sido colocado por seu grande companheiro, que se sentou para vê-lo puxar com força o entalhe da flecha em direção à orelha, depois soltar a haste, que zuniu e saiu voando pela sombra da floresta, e João Pequeno deu gritos de alegria como se fosse um menino grande.

– Viva! Muito bem, pequenino! Lá está ela, presa naquela árvore.

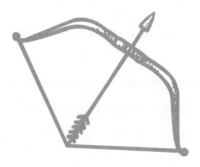

Capítulo 5

– Tão longe quanto quiser, Robin – disse o fora da lei. – Você só precisa ser cauteloso. Não vá longe demais para não se perder. Descubra a floresta aos poucos. Um dia você conseguirá não se perder.

– Mas suponha que eu me perdesse – disse o menino. – E então?

– Eu teria de dizer a João Pequeno para trazer todos os meus homens contentes para procurar você, e a jovem Marian aqui ficaria em casa e choraria até que você fosse encontrado.

– Então não vou me perder – respondeu Robin.

E ele sempre se lembrava dessa promessa quando pegava seu arco e as flechas e, com a espada pendurada no cinto, saía do acampamento dos fora da lei para um longo passeio.

Seu arco era da altura dele, pois era essa a regra no arco e flecha, e suas flechas, feitas com esmero por João Pequeno, tinham apenas metade do comprimento de seu arco.

Quanto à sua espada, tratava-se de uma adaga com bainha verde de couro de tubarão dada a ele por Robin Hood, que disse, com bastante razão, ser grande o suficiente para ele.

Marian encontrou uma fivela adequada para o cinto, para o qual João Pequeno cortou de um pedaço muito macio de couro de cervo, e o mesmo couro formava o cinto cruzado que passava por cima do ombro do menino e segurava sua corneta.

Sim, uma corneta que ele ganhou e que era extremamente importante na floresta, e o próprio Robin Hood o ensinava à noite como fazer os toques encaixando os lábios no bocal e como alterar o tom colocando a mão dentro da borda prateada que formava a abertura.

Não foi fácil, mas o menino logo aprendeu. Mesmo assim, ele produzia alguns sons estranhos a princípio, ruins o suficiente, afirmava João Pequeno, para causar dor de dente em uma das vacas de Marian e assustar os rebanhos de cervos mais longínquos.

Isso foi apenas no início, pois o jovem Robin logo se tornou um verdadeiro habitante da floresta, aprendendo rápido a tocar sua corneta, a atirar para acertar o alvo e a se localizar na grande natureza selvagem de charnecas abertas e árvores frondosas.

No entanto, foi mais de uma vez que ele se perdeu, pois as árvores e as veredas eram tão parecidas, e tudo era tão bonito, que ficava fácil se perder e esquecer por completo como encontrar o caminho de volta no meio das sombras salpicadas de sol.

O JOVEM ROBIN HOOD

E então, em uma manhã, quando o bando fora da lei foi caçar em busca de um par de cervos gordos para a despensa de Robin Hood, o jovem Robin começou sozinho, com o arco na mão, a descer por uma das belas clareiras repletas de faias, e logo foi mais longe do que antes.

Os esquilos largaram os frutos da faia e dispararam por entre as árvores para bater a cauda e ralhar com ele. Os coelhos começaram a sair das samambaias e fugiram rapidamente, mostrando a parte inferior de suas caudas de algodão branco, antes de mergulharem em suas tocas escuras. E duas vezes, quando passava devagar da sombra para uma clareira ensolarada, o menino deparou com pequenos grupos de cervos, belas corças de olhos grandes e pernas finas, com seus filhotes, pastando sossegadas na grama macia que crescia aos tufos entre touceiras de mato espinhoso e dourado, pois estavam bem seguras, já que os caçadores partiam em busca dos gamos nobres, com seus chifres altos achatados no caso de gamos, ou pequenos, redondos e pontiagudos, se fossem corças.

Sempre havia algo novo para ver, e quem andava sem pressa e com mansidão pela floresta via mais. Em momentos como aquele, o jovem Robin parava para observar os cervos e as corças pastando, com a pelagem levemente pintada, até que de repente um par de olhos azuis penetrantes o detectava, e então o gaio, o pássaro que era dono daqueles olhos, levantava a crista salpicada, mostrava os bigodes negros ferozes e disparava um alarme novamente com a voz agressiva: "Um menino aqui! Um menino aqui!". E as corças paravam de comer, jogavam a cabeça para o alto, e o pequeno rebanho ia embora, plim-plim-plim, em uma

série de saltos, como se as pernas finas fossem feitas de mola, os cascos negros descendo juntos e mal tocando a grama curta e elástica, que parecia impulsioná-los novamente.

– Gostaria que não tivessem medo de mim – disse o jovem Robin. – Eu nunca os machucaria.

Mas as corças e os filhotes não sabiam disso, pois, enquanto falava, Robin encaixava uma flecha na corda do seu arco e ameaçava lançá-la no gaio barulhento que dera o alarme. Ele também se esquecia de haver comido bastante, poucos dias antes, um delicioso filhote de corça assado.

Enquanto vagava por clareiras onde o sol parecia lançar raios de prata cintilante através das folhas de carvalho ou faia, como que para preencher os cálices dourados que cresciam sob eles entre o musgo verde e macio, ele saía de repente, talvez em um dos lagos ensolarados da floresta, talvez onde a água estivesse meio coberta por largas folhas planas, entre as quais flores prateadas, em outros lugares douradas, com ervas daninhas nas laterais, perto de juncos sussurrantes e flores de íris em formato de espada. Lá, sob as folhas flutuantes, sobrenadavam grandes carpas e tencas de laterais douradas, e às vezes também um lúcio de olhos ferozes salpicados de verde. Enquanto isso, acima de tudo aquilo, lindas libélulas de asas translúcidas pairavam e esvoejavam, perseguindo os pequenos mosquitos azuis, marrons, dourados, e verde metálico, e de vez em quando se encontravam e faziam as asas farfalhar quando se tocavam em um voo rápido. Então, enquanto ele apoiava a mão no tronco de uma árvore, olhando para a frente, uma cabecinha curiosa com vivos olhos carmesim dividiu os juncos ou junças que cresciam na água, seu dono olhando para ver se havia algum perigo, e, enquanto olhava, Robin percebeu que o bico do pássaro parecia continuar para cima até virar uma placa achatada e vermelha entre seus olhos.

Então o pássaro zarpou, nadando com suas pernas e dedos longos e finos, indo direto para a clareira, parecendo ele todo de um verde-amarronzado lustroso e escuro, menos em sua cauda atrofiada, cuja parte inferior era de um branco imaculado, atravessado por uma faixa preta.

João Pequeno disse-lhe depois que era uma galinha-d'água, apesar de ser um macho. Não foi isso que chamou tanto a atenção de Robin, mas as sete ou oito bolinhas escuras que o seguiam ao longo de uma das vias de água doce, nadando aqui e ali e dando bicadinhas nos insetos que boiavam na superfície.

Tudo estava tão calmo e parecia tão seguro que logo em seguida os juncos se separaram novamente e outro pássaro saiu nadando por detrás da vegetação que o protegia. Robin identificou imediatamente que se tratava de um pato, mas nunca havia visto um com a cabeça de um verde tão magnífico, o peito de um castanho intenso, dorso cinza-claro e manchas roxas metálicas reluzentes nas asas.

Robin poderia ter atirado uma flecha de ponta afiada no belo pássaro, e talvez o tivesse matado, pois sabia muito bem que pata ou pato assado fica muito gostoso recheado com sálvia e cebolas, para comer com ervilhas verdes. Mas nunca cogitou usar seu arco e contentou-se em deleitar os olhos com a beleza do pássaro e observar seus movimentos.

ROBIN DE PÉ COM A MÃO APOIADA NO TRONCO DE UMA ÁRVORE.

O pato e a galinha-d'água e seus filhotinhos escuros nadaram bem para o meio do lago. Parecia ficar em pé sobre a água, esticando o pescoço e batendo as asas com tanta força que algo lá do outro lado se moveu repentinamente, e Robin avistou outro pássaro que não tinha visto antes. Era uma criatura cinza de pescoço comprido, pernas longas, plumagem macia, olhos afiados e um bico fino, de pé na água e olhando ansiosamente para o pato como se dissesse:

– O que está acontecendo aí? – enquanto proferia em voz alta o único grito de indagação.

– Quác?

– Qué, qué, qué! – disse o pato.

– Quá, quá, quá, quá!

Por detrás dos juncos saiu uma pata marrom, seguida por dez bolinhas de penugem amarela e bicos achatados, nadando como sua mãe, mas em um estilo apressado e desajeitado, mergulhando e vindo à tona, girando e girando e parecendo fazer uma dança pastoril na água em busca de besouros aquáticos, aranhas ou moscas fugidias, enquanto a pata continuava proferindo um grasnido de alerta, e o pato, que, primeiro com um olho e depois com o outro, mantinha um olhar atento para o céu em busca de falcões e gaviões, de vez em quando murmurava um satisfeito:

– Qué, qué, qué!

Robin pensava em como aquilo tudo era lindo, quando o perigo, que o pato esperava vir do céu, de repente chegou pela água, ali embaixo.

O jovem Robin Hood

Um dos filhotinhos amarelos felpudos tinha se afastado uns dois metros dos outros e de sua mãe, e o papai de pernas compridas voou para a superfície da água e abriu o bico achatado para agarrá-lo, quando houve um redemoinho na água, um tumulto e um esguicho, e duas grandes mandíbulas armadas com dentes afiados fecharam-se sobre o patinho, que era visível em um momento, desaparecia no seguinte, e Robin puxou uma flecha para encaixar na corda do arco.

Mas era tarde demais para atirá-la zunindo contra o peixe, um enorme lúcio, que dera uma espanada com a cauda e fora para algum covil entre os juncos para engolir o patinho em paz, enquanto o restante seguia o pai e a mãe, que grasnavam de volta ao abrigo dos juncos, junças e outras gramíneas, onde a galinha-d'água e sua ninhada já estavam a salvo. Assustada com o alarme, a garça abaixou-se e estendeu as grandes asas cinzentas, saltou, sacudiu as asas algumas vezes e começou a sobrevoar o lago até ficar novamente em paz quando, esticando as pernas, caiu de volta na água e lá ficou, imóvel, mirando para baixo com olhos meditativos, como se estivesse bastante satisfeita de que nenhum peixe iria tocá-la. Então, *pléc*!

Foi tudo tão rápido que Robin mal percebeu o movimento, mas certamente o bico da garça foi lançado como um dardo entre o fundo dos juncos, que cresciam à margem do lago, e logo em seguida o pássaro voltou a se endireitar, para se levantar com um sapo verde se debatendo em seu bico em forma de tesoura.

Então houve um ou dois solavancos, que alteraram a posição do sapo, e o bico que estava apenas um pouco aberto fechou-se bem apertado, e uma protuberância apareceu no longo pescoço da garça, foi abaixando com lentidão e depois desapareceu completamente.

Em seguida, a garça balançou as asas um pouco como se quisesse endireitar as penas, disse *"Fuén"* em voz alta duas vezes e fechou um dos olhos.

O pássaro havia comido um farto jantar e estava pensando nele, enquanto o jovem Robin suspirava e pensava que tudo aquilo parecia muito terrível. No entanto, no momento seguinte, observava uma faixa azul, que era um martim-pescador com um minúsculo peixe prateado no bico, e pensou que também começava a sentir fome.

Saiu da borda do lago dando outro suspiro. O barulho espantou a grande garça cinza, e após alguma dificuldade ele encontrou o caminho de volta para o acampamento dos fora da lei e seu próprio jantar, o que, curiosamente, não era assado de cervo ou filhote de cervo assado, mas patos assados e um delicioso lúcio preparado em forno de barro, com bastante recheio.

Então, como estava faminto, o jovem Robin comeu a própria refeição e esqueceu tudo o que tinha visto.

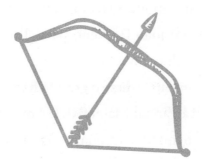

Capítulo 6

O jovem Robin ficava maravilhado quando via João Pequeno ou um dos outros homens lançar uma flecha com o som estridente da corda do arco e o zunido agudo das aletas no ar, para trepidar em um alvo a oitenta ou cem metros de distância, ou então perfurar algum ganso ou pato selvagem voando alto em um bando. Mas, aos poucos, aquilo que parecia tão extraordinário logo deixou de surpreendê-lo e, por fim, pareceu bastante fácil.

Pois Robin ficou encantado com seu arco e flechas tão logo descobriu que poderia atirar uma das hastes de aletas leves, fazendo-a silvar em uma bela curva para então fincar-se em alguma árvore grande.

Então, começou a atirar em árvores menores e depois em mudas, quando conseguiu acertar as árvores pequenas. Mas as mudas eram, é claro, muito mais difíceis. Um dia, porém, ele voltou triunfante até João Pequeno para lhe dizer que havia atirado em um carvalho novo, quase tão fino quanto seu pulso.

– E você não acertou? – disse o grandalhão, sorrindo.

– Mas consegui arranhar a lateral dele – exclamou o menino.

– Foi, é? Muito bem! Se continuar assim, um dia será melhor que eu.

– Acho que não – disse Robin, balançando a cabeça pensativo.

– Oh, mas você vai, sim, se continuar tentando. Um rapaz que se esforça consegue fazer praticamente tudo.

– Consegue? – disse Robin.

– Com certeza, consegue. Você tenta e, quando conseguir acertar qualquer coisa em que atirar, será quase um homem. E, quando acabar de crescer, será um homem completo.

– Será que eu ficarei grande como você? – perguntou Robin.

– Espero que não – disse João Pequeno, rindo. – Eu sou grande demais.

– Você acha? – disse Robin. – Eu gostaria de ser grande assim como você.

– Não, não, não – exclamou João Pequeno. – Continue crescendo até um metro e oitenta e depois para. Tudo o que crescer depois disso é um desperdício de coisas boas, atrapalha. Gente grande como eu fica sempre esbarrando a cabeça em alguma coisa.

– Mas como vou saber se tenho um metro e oitenta de altura? – disse Robin.

– Oh! Eu vou avisá-lo, vou continuar medindo você, meu rapaz.

– E como faço para parar de crescer?

João Pequeno tirou o chapéu e coçou a cabeça, enquanto franzia o rosto grande e bonachão.

– Ora, não sei bem – disse ele –, mas ainda há muito tempo, e veremos. Posso colocar uma pedra grande no seu chapéu, ou mantê-lo em um local muito seco; ou amarrar seus ombros na cintura. Não, isso não seria suficiente.

– Por quê? – perguntou Robin prontamente.

– Porque não impediria o crescimento das suas pernas, e perna de menino é o que mais cresce quando eles são jovens. Ei, mas o que aconteceu com todas aquelas flechas que eu fiz para você?

– Eu as atirei.

– E só sobraram duas. Você não deve desperdiçar flechas assim. Por que você não as procurou depois de atirar?

– Eu procurei – exclamou Robin –, mas elas se escondem muito bem. Elas se esgueiram por debaixo da grama e por entre as ervas daninhas, e a gente não consegue encontrá-las mais. Mas você vai me fazer mais algumas, não vai?

– Bem – disse o João Pequeno –, suponho que devo. Mas você terá de ter mais cuidado, jovem. Não posso gastar todo o meu tempo fazendo novas flechas para você. Mas tem uma coisa: quero que você atire para que o capitão se orgulhe de você, e algum dia você terá de atirar em um cervo.

– Não acho que eu gostaria de atirar em um cervo – disse o menino, balançando a cabeça.

O jovem Robin Hood

– Por que não? Eles são gostosos de comer.

– Eles parecem tão amigáveis e simpáticos, com aqueles olhos grandes e doces.

– Bem, então em um homem.

– Ah, não! Eu não gostaria de atirar em um homem.

– O quê? Nem se fosse um dos inimigos do capitão que veio matá-lo?

– Acho que não me importaria muito, então. Olhe só, João Pequeno, eu atiraria uma flecha nas costas dele, para espetá-lo e fazê-lo fugir.

– E você deve fazer isso, meu rapaz – exclamou João Pequeno, que começou a trabalhar em seguida, cortando madeira para fazer as flechas e reabastecer a aljava do menino. Quando essas se perdiam, ele fazia um pouco mais, pois o jovem Robin estava sempre atirando e perdendo-as. Mas João Pequeno nunca reclamava. Ele dizia que o pequeno Robin seria um famoso atirador, e o grandalhão parecia tão orgulhoso de seu aluno quanto poderia estar.

Mas João Pequeno não se limitou a ensinar o jovem Robin a atirar, pois um dia o menino o encontrou alisando e raspando um novo pedaço de freixo da espessura de seu dedo mínimo, que não era nada pequeno.

– Você não sabe para que serve isso – disse o grandalhão.

– Parece um pequeno cajado – disse o jovem Robin –, igual ao que todos os homens têm.

– Muito bem. Acertou de primeira. Agora adivinhe para quem é.

– Para mim – respondeu o menino prontamente.

E assim foi, e não só isso. João Pequeno, nos dias que se seguiram, ensinou-o a manejá-lo para dar golpes e se proteger, até que o pequenino se tornasse tão inteligente e ativo quanto possível, fazendo os homens dar gargalhadas quando em um combate conseguiu dar um golpe tão rápido que seu cajado atingiu a perna ou o braço antes que seu oponente pudesse defender.

– Ora, você está se tornando um habitante da floresta dos bons, Robin – disse o capitão, sorrindo. – E, com sua habilidade com o arco e o cajado, em breve será capaz de se defender sozinho.

As palavras de Robin Hood foram postas à prova no outono, pois um dia, quando as bolotas incharam a tal ponto que não cabiam mais em suas cúpulas e caíram fazendo barulho pelo lado ensolarado dos grandes carvalhos, o jovem Robin estava fazendo um passeio glorioso. Ele havia enchido sua bolsa com avelãs marrons, comido um bom banquete de amoras e manchado os dedos. Ele havia conversado por bastante tempo com um cervo domesticado que o conhecia e veio quando ele assobiou, e tinha atraído um par de esquilos com algumas nozes muito marrons, colocando-as sobre a casca de uma árvore caída e em seguida recuando alguns metros. Como resultado, os animaizinhos de cauda peluda deslizaram suavemente para baixo, cada vez mais perto, por fim avançaram, pegaram as nozes e correram de volta para a segurança do galho alto de uma árvore.

– Eu nunca machucaria vocês – disse Robin, enquanto se apoiava em seu pequeno cajado, observando-os mordiscarem as pontas das nozes para pegar o caroço doce. – Se eu quisesse,

O jovem Robin Hood

poderia puxar meu arco, montar a corda nele e derrubar vocês com uma flecha. Mas não quero. Por que vocês dois não podem ser mansos como o meu cervo?

Os esquilos não responderam, mas continuaram mordiscando as nozes e, de repente, correram rápido para um ponto mais alto na árvore. Robin estava tão interessado pelos movimentos das ágeis criaturinhas que não ouviu nenhum som atrás de si nem atentou para o fato de que estava sendo perseguido por alguém que rastejava descalço de árvore em árvore a fim de chegar à distância de um salto, até que de repente ele sentiu todo o peso de algo pousando em suas costas e empurrando-o para a frente de modo que ele deixou cair seu cajado e caiu sobre as mãos e os joelhos.

– Peguei você! Finalmente, não é? – ouviu uma voz familiar, enquanto sentia um peso nas costelas, pois seu agressor havia sentado em suas costas. – Não disse que eu ia esperar, e você ia me trazer um monte de comida?

O jovem Robin não esperou mais, mas em sua agonia de espírito deu-lhe uma chave para o lado, desalojando o cavalgador, fez um esforço e conseguiu pôr-se de pé novamente.

Mas o velho inimigo mantinha-se firme e, após uma disputa acirrada, Robin ficou de pé ofegante, cara a cara com o jovem guardador de porcos, que o segurava com força pelo gibão com as duas mãos.

– Solte-me – gritou o jovem Robin, agressivo. – Você vai rasgar meu casaco.

O jovem Robin Hood

– Vou rasgar mesmo, já, já – disse o garoto, com um sorriso forçado. – Quero um novo outra vez e vou fazer isso. Vou pegar seu arco e flecha pra mim também, e a faca e o chapéu, você vai ver! Escapando e se escondendo todo esse tempo, quando eu disse pra você voltar!

– Solte-me – ofegou Robin, olhando ao redor em busca de ajuda, em vão.

– Na-na-ni-na. Não tem ninguém por perto, e peguei você bem rápido. Por que não voltou como eu mandei?

– Porque eu não quis – respondeu Robin, com raiva. – Solte-me. Vou chamar o João Pequeno para pegar você.

– Chame! Vou socar esse seu olho feio e velho – gritou o garoto. – Não estou nem aí para Joãozinho nenhum. Peguei você agora e vou lhe dar uma lição por não ter voltado antes. E eu sei – rosnou – que você é um ladrão; isso é que você é.

– Não sou, não – gritou Robin com força, e se debateu desesperadamente para alcançar seu pequeno cajado, que estava meio escondido entre as samambaias. – Solte-me.

Mas os esforços para se libertar foram em vão.

– Sim, vou soltar você, quem sabe, quando acabar com você e conseguir tudo o que quero – disse o menino, em um tom rouco e satisfeito, enquanto parecia alegrar-se com a desgraça de sua vítima. – Não, não vou. Você é um ladrão, um ladrão de cervos, e eu vou entregar você para um dos guardiões do rei.

O jovem Robin cerrou os dentes e lutou de novo, mas em vão, pois não era páreo para a força do adversário.

– O quê? Pare quieto! Ei, ei, engraçadinho! Fique quieto! – rosnou o garoto. – Se você não parar, vou esfregá-lo em todos os espinheiros mais pontudos e jogar você para os meus óincs. Escutou? – ele gritou.

Sem fôlego, Robin fez uma pausa e ficou olhando fixo para o inimigo.

– Pensou que eu ia desistir, né? Mas eu não desisti, não. Fiquei à sua procura desde que você fugiu. Sabia que eu ia pegá-lo um dia, seu ladrãozinho!

O pastor de porcos apertou os ombros de Robin, mostrou-lhe os dentes tal qual um cachorro zangado e deu-lhe uma sacudida violenta. A vítima respirava com dificuldade, cerrava os dentes, e havia uma expressão em seus olhos como se fosse uma criatura selvagem recém-capturada, procurando uma forma de escapar.

– Venha, ande – rosnou o jovem. – Deixei cair meu cajado aqui atrás. Assim que eu o pegar, vou para cima de você e vou pegar suas coisas. Se tentar fugir, vou quebrar suas pernas, daí você não vai conseguir correr.

Robin deu uma inspirada que soou como um suspiro profundo e parou de lutar, deixando seu inimigo forçá-lo a andar para trás entre as samambaias e quase cair seguidas vezes, até que de repente o jovem selvagem gritou:

– A-ha, aqui está.

Soltando uma das mãos, estava prestes a se abaixar para pegar o cajado que havia deixado cair ao saltar sobre sua vítima, que agora deu um pinote que fez o garoto cair de cara sobre a

O JOVEM ROBIN HOOD

própria arma. Robin correu para onde seu cajado estava, entre as samambaias, um local em que havia reparado várias vezes.

Ele o agarrou em um instante e estava prestes a saltar entre as árvores, mas o inimigo havia se recuperado e, com o cajado na mão, veio atrás dele a uma velocidade tão terrível que Robin mal conseguiu evitar um golpe sibilante em suas pernas, esquivando--se ao redor de uma árvore, que recebeu a pancada.

No momento seguinte, Robin olhou em volta, para além da árvore, e ficou alerta como lhe haviam ensinado.

– Ah, é assim, é? – rosnou o jovem guardador de porcos. – Tome isto, então.

O cajado veio em uma pancada e quebrou ao ser interceptado pelo de Robin, e então, aproveitando as lições de João Pequeno, passou a arma pela esquerda e desferiu um sonoro golpe na cabeça do agressor.

O guardador de porcos soltou um grito selvagem e cambaleou para trás, mas avançou com violência outra vez, atacando com toda a sua força, só que de um jeito tão insano que Robin evitou o golpe com facilidade e desceu seu próprio cajado em uma pancada, com um estrondo, nos ombros de seu inimigo, provocando mais alguns gritos de dor. A partir daquele momento, Robin teve tudo a seu favor, pois conseguiu proteger-se com facilidade dos golpes violentos do pastor de porcos e respondeu com tacadas primeiro em um braço, depois no outro. Em seguida, desceu o cajado contra a lateral da perna esquerda do inimigo, depois bem no meio da parte de trás da perna direita, fazendo-o dançar e mancar enquanto gritava e procurava em vão derrotar seu pequeno e ágil adversário, que desferiu uma chuva de golpes muito bem dirigidos em resposta às tentativas feitas com a pior das pontarias.

No calor do momento e na empolgação, Robin não sentiu medo. Estava cheio de coragem, lutava por liberdade, e para conquistá-la sentia que deveria de fato derrotar seu inimigo. E, graças às lições de João Pequeno, espancou-o tão bem que após cinco minutos o jovem guardador de porcos recebeu um golpe final nos nós dos dedos que o fez gritar, largar o cajado, dar meia-volta e sair correndo por uma longa alameda na floresta, onde o terreno estava aberto.

Em sua empolgação, Robin começou a correr atrás dele para continuar a surra, mas o guardador de porcos foi rápido demais e, no ímpeto do momento, o vencedor parou abruptamente, largando o próprio cajado e puxando seu arco de onde estava pendurado. Em menos tempo do que leva para contar o que aconteceu, o arco foi amarrado e uma flecha foi colocada, puxada até a cabeça, e com um som estridente foi disparada contra o rapaz que voava, agora a cem metros de distância. Porém, assim que ele foi atingido, Robin se arrependeu.

– Essa flecha vai matá-lo – pensou, e seu coração pareceu parar.

Pois o professor do menino havia ensinado bem, e aqui estava a prova. Exatamente como se a mira tivesse sido feita com cuidado, a flecha disparou com muito mais velocidade do que o guardador de porcos corria, e os olhos de Robin dilataram-se ao ver o adversário dar um salto repentino e cair com a cara no chão, soltando um grito medonho.

Robin, cheio de arrependimento, saiu em ajuda ao inimigo, mas, antes que tivesse percorrido muitos metros, o guardador de porcos saltou e começou a correr mais rápido do que nunca. Quando Robin alcançou o local lá estava sua flecha, mas o rapaz havia sumido.

– Deu só uma espetadinha nele – disse João Pequeno, quando soube da aventura. – Bem-feito para o desgraçado. Que pena pelo cajado. Palavra, grandalhão, daria tudo para estar lá e ouvir os ossos dele estalarem. Bem, eu não o ensinei em vão. Mas, olhe só, se você encontrar aquele sujeito na floresta mais uma vez, não espere que ele comece; vá para cima dele imediatamente.

Robin acenou com a cabeça, porém nunca mais viu o pastor de porcos.

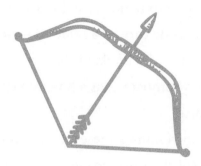

Capítulo 7

O pai do jovem Robin, o xerife, sofreu muito com a perda do filho e de seus bens, e a tia de Robin foi a Nottingham e chorou muito pela perda do menino que ela tanto amava. Já Davi, o velho servo a cargo de quem Robin fora colocado quando voltava para casa, fez o que muitas pessoas fracas fazem: tentou esconder um erro cometendo outro.

Robin lhe fora confiado para que o protegesse e levasse em segurança até a casa de seu pai, e, quando houve o ataque pelos homens do fora da lei, em vez de fazer qualquer coisa para proteger o pequenino e salvá-lo de ser ferido pelo pessoal do Robin Hood, ele só pensou em si mesmo. Atirou sua incumbência no primeiro arbusto que encontrou e saiu a galope, mal parando até chegar à cidade de Nottingham.

Lá, a primeira pergunta do xerife foi não o que havia acontecido com as mulas de carga e a remessa de tecido, mas onde estava Robin, e o servo, dissimulado, disse que havia lutado muito para salvá-lo no combate, mas a luta fora em vão, e o pobre garoto estava morto.

E então transcorreram-se meses, e um ano se passou, e as pessoas olhavam solenes e diziam que parecia que o xerife nunca mais levantaria a cabeça. Mas achavam que ele deveria ter convocado vários guerreiros para castigar Robin Hood e seus fora da lei por levarem aquela carga de tecidos tão valiosa.

Mas o pai de Robin não se importava nada com o tecido ou com as mulas. Ele só conseguia pensar no camaradinha inteligente e feliz a quem tanto amava e por quem chorava em segredo à noite, quando não havia ninguém por perto para ver.

A tia de Robin, quando vinha e tentava confortá-lo, costumava fazer que não com a cabeça e enxugar os olhos. Ela falava pouco, só pensava muito, e voltou várias vezes para tentar consolar o marido da irmã morta. Mas não fazia diferença, pois o xerife era um homem tristemente conturbado.

Então, de repente, houve uma mudança, e foi em um período em que a tia de Robin estava em Nottingham.

Um dia, um homem foi à casa do xerife procurando por ele. Mas o xerife não quis vê-lo, pois não se interessava por nada agora, e disse a seu servo que o homem deveria informar qual era o assunto.

O servo saiu e voltou no mesmo instante.

– Ele diz, senhor, que foi feito prisioneiro pelos homens de Robin Hood há uma semana, acabou de chegar do acampamento sob a árvore do bosque e trouxe notícias para o senhor, mestre.

O xerife deu um pulo, tremendo, e ordenou ao servo que fizesse o estranho entrar.

Não era um malfeitor espancado e ferido, mas um sujeito disposto e vigoroso, que parecia inteligente e feliz e, antes que pudesse falar e contar as novidades, o xerife começou a interrogá-lo.

– Você veio do acampamento dos fora da lei? – disse com a voz trêmula.

– Sim, senhor xerife.

– Eles o aprisionaram, espancaram e roubaram?

– Oh! Não, senhor xerife. Eles me levaram até Robin Hood, e ele me perguntou o que eu estava fazendo lá, e se eu não tinha medo de cruzar sua floresta, e eu me levantei e disse a ele claramente que não tinha. Então ele disse que eu devia ter ouvido falar que ele era um ladrão terrível.

– Sim, sim – exclamou o xerife –, e o que você disse?

– Eu disse que morava por aqui a vida toda e nunca ouvi dizer que ele tivesse feito mal a um pobre. Então ele riu, e todo o pessoal dele riu também, e ele disse que eu era um camarada contente. "Dê-lhe bastante comida e bebida", disse ele, "por dois ou três dias, e depois mande-o embora". Sim, senhor xerife, ele fez isso, e eu me diverti muito. Ora, quase achei que gostaria de ficar por lá.

Durante todo esse tempo, o xerife ficou observando o homem com muita atenção e, de repente, pegou-o pelo braço.

– Confesse – disse ele. – Você não veio aqui me dizer apenas isso. O que está escondendo? Por que não fala?

– Porque, senhor – disse o homem com delicadeza –, eu estava com medo de que o senhor não pudesse suportar, porque eu já fui pai e meu filho morreu, e, embora o senhor nunca tenha me conhecido, eu o conhecia e fiquei triste quando chegou a notícia de que seu filho havia sido morto. O senhor aguenta ouvir boas notícias, tanto quanto as más?

O xerife ficou em silêncio por alguns minutos, durante os quais fechou os olhos, e seus lábios se moveram, e tinha um aspecto tão estranho que a tia de Robin cruzou a sala até onde ele estava sentado e segurou sua mão, enquanto sussurrava palavras carinhosas.

– Sim, sim – ele disse suavemente. – Consigo aguentá-las agora. Fale, eu lhe rogo, fale e conte-me tudo.

– Mas o senhor não ficará zangado comigo se eu estiver errado, senhor xerife?

– Não, não – disse o pai de Robin. – Fale de uma vez.

– Bem, senhor xerife, ninguém disse quando eu perguntei, mas há um camaradinha lá, todo vestido de verde, como um dos guerreiros de Robin Hood, de espada e corneta, e arco e flechas, e aquilo me fez pensar, e comecei a perguntar se ele era filho de Robin Hood. Mas aqueles a quem perguntei apenas negaram com a cabeça.

O homem continuou:

– Aquilo me fez pensar ainda mais, e um dia logrei segui-lo por entre as árvores, até que o encontrei alimentando um dos cervos selvagens, que o seguia como se fosse um cachorro.

DURANTE TODO ESSE TEMPO O XERIFE ESTAVA OBSERVANDO O HOMEM COM MUITA ATENÇÃO E, DE REPENTE, PEGOU-O PELO BRAÇO.

O jovem Robin Hood

Ele não parou nem diante dos olhos arregalados do xerife.

– Esperei um pouco, depois me aproximei dele, e o que o senhor acha que ele fez? Ele armou o arco, encaixou uma flecha nele antes que eu soubesse onde estava e puxou-o em direção à minha cabeça como se fosse atirar em mim. Então eu perguntei: "Você sabe onde fica Nottingham?". Ele baixou o arco. "Sim, claro. Você conhece meu pai?". "Se eu conheço o xerife?", eu disse. "É claro que sim." "Está indo para lá em breve?", perguntou, e eu fiz que não com a cabeça. "Então vá até meu pai e peça a ele para dizer à tia que estou bem e que um dia voltarei para casa."

O homem parou, pois bem naquele instante o xerife fechou os olhos mais uma vez e disse algo com voz muito baixa. A tia de Robin ouviu, caiu de joelhos e cobriu o rosto com as mãos.

Então o xerife levantou-se de um salto, aparentando ser um homem bem diferente.

– Tome – disse ele ao portador da notícia, e deu-lhe algumas moedas de ouro. – Você conseguiria encontrar o caminho de volta para o acampamento dos fora da lei na floresta?

– Claro, senhor xerife, que eu poderia, embora eles tenham amarrado um pano sobre meu rosto quando me trouxeram para fora.

– E você conseguiria levar a mim e a um grupo grande de guerreiros direto para o acampamento dos fora da lei?

– Conseguiria, senhor xerife – disse o homem, que lentamente começava a colocar as moedas de ouro de volta uma a uma sobre a mesa. – Mas eu não posso fazer o mal pelo bem.

– O quê? – o xerife gritou com raiva. – São ladrões e homens fora da lei, e todos os súditos do rei têm o direito de matá-los.

– Pode ser, senhor xerife – disse o homem, com rispidez. – Mas eu não vou pular no pescoço de alguém que só fez bem para mim. Eles me disseram que Robin Hood é um nobre conde que ofendeu o rei e teve de fugir para salvar a própria vida. Digo, é um cavalheiro nobre e de bom coração, e, se fosse com meu filho que ele estivesse lá, parecendo tão absolutamente feliz, eu iria até ele sem nenhum guerreiro.

– Como, então? – perguntou o xerife.

– Exatamente como um pai deveria ir, senhor, e pedir pelo filho de volta como um homem.

– Basta – disse o xerife. – Você pode ir.

O homem se virou para sair da sala, quando o xerife disse de repente:

– Pare! Você está deixando as moedas de ouro que lhe dei.

– Sim, eu não posso aceitar pagamento em troca de levar alguém para lutar contra Robin Hood e seus homens.

– Essas moedas eram pelas notícias que você me trouxe – disse o xerife. – Sim, leve-as, pois você se comportou como um homem honesto.

Mas o xerife não aceitou o conselho do homem nem deu ouvidos ao apelo da tia do jovem Robin. Pois, como xerife de Nottingham, disse a si mesmo que era seu dever destruir ou dispersar o bando de homens fora da lei que tinham vivido na floresta de Sherwood por tanto tempo.

Então, ele reuniu um grupo grande de besteiros e outros homens com lanças e espadas, além de pedir a ajuda de dois bravos

O jovem Robin Hood

cavaleiros que vieram de armadura, com seus escudeiros montados e seus homens.

De alguma forma, Robin Hood sabia o que estava sendo preparado e, mais ou menos uma semana depois, quando o xerife e seu grande séquito de cerca de trezentos homens lutavam para abrir caminho pela floresta, eles ouviram o som de uma corneta e, de repente, a floresta densa parecia estar cheia de arqueiros, que usavam seus arcos de tal maneira que primeiro um, depois uma dúzia, depois por volta de cinquenta, os homens do xerife começaram a fugir, e em menos de uma hora todos estavam rastejando de volta para Nottingham, terrivelmente derrotados, pois nenhum homem entre eles estava pronto para se virar e lutar.

Em outro mês, o xerife voltou a avançar com um exército mais forte, mas que foi repelido com mais facilidade do que o primeiro, e o xerife estava desesperado.

No entanto, alguns dias depois, ele encontrou o homem a quem dera as moedas de ouro e o enviou para o acampamento dos fora da lei com uma carta escrita em pergaminho, na qual ordenava que Robin Hood, em nome do rei, entregasse o pequeno prisioneiro que ele mantinha ali contra a lei e contra sua própria vontade.

Passaram-se muitos dias de ansiedade e cansaço antes que o mensageiro voltasse, mas sem o pequeno prisioneiro.

– O que ele disse? – perguntou o xerife.

– Ele disse, senhor, que, se o senhor quiser o menino, deverá ir buscá-lo.

Na manhã seguinte, o xerife entrou na sala onde a tia do jovem Robin estava sentada, com ar muito infeliz. A mulher quase pulou da cadeira, surpresa ao ver que o cunhado estava vestido como se fosse sair para passear, sem nenhuma espada ou adaga, carregando apenas um longo e robusto cajado de caminhada.

– Para onde vai, meu caro? – ela disse.

– Para onde eu deveria ter ido desde o começo – disse ele com humildade. – Para a floresta, buscar meu filho.

– Mas você nunca conseguiria encontrar o caminho – disse ela, soluçando. – Além disso, você é o xerife, e esses homens vão capturá-lo e matá-lo.

– Tenho alguém para me mostrar o caminho – disse o xerife, em tom amistoso. – E, de certa forma, embora tenha perseguido e lutado deveras contra essas pessoas, não sinto medo, pois Robin Hood não é o tipo de homem que mata um pai de coração alquebrado em busca de seu filho há muito tempo desaparecido.

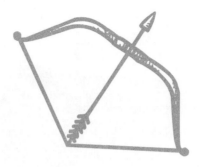

Capítulo 8

O sol baixava no poente, brilhando por entre os grandes carvalhos e faias, de tal forma que tudo parecia laranja e dourado.

Era a hora da ceia dos fora da lei, pois o sol era o relógio deles na floresta. Os homens se reuniam para saborear a segunda grande refeição do dia. A outra era o desjejum, após o qual sempre se separavam, a fim de caçar no bosque e trazer as provisões para o dia seguinte.

Os homens de Robin Hood, então, esparramavam-se sob a sombra de um enorme carvalho, à espera do cervo assado que exalava um odor muito agradável do fogo vivo da lenha de carvalho, e o jovem Robin estava sentado na grama musgosa perto do galpão de palha que abrigava o quartel-general do capitão, onde a jovem Marian ocupava-se servindo o jantar para o pequeno grupo que comia com o Robin Hood em pessoa.

NO SEGUINTE, ELE CAIU NO CHÃO E OLHOU COM HOSTILIDADE AO REDOR PARA OS HOMENS ESPANTADOS, ENQUANTO PUXAVA A ADAGA DEPENDURADA EM SEU CINTO.

O jovem Robin Hood

João Pequeno estava ali, deitado, sorrindo e satisfeito depois de um árduo dia de caça, ouvindo o jovem Robin, que exibia os tesouros trazidos naquele dia e contava ao seu grande companheiro onde os tinha encontrado.

Havia flores para Marian, pois ela gostava de prímulas roxas e amarelas, e um feixe de juncos compridos e grossos.

– Você pode fazer algumas flechas com isso para mim – disse Robin. – E eu encontrei um teixo novo, com um galho bem reto. Você precisa derrubá-lo, secá-lo e fazer um arco maior para mim. Este aqui não é forte o suficiente.

– Muito bem, grandalhão – disse João Pequeno, sorrindo e estendendo a mão para alisar os cabelos castanhos encaracolados do menino. – Mais alguma coisa que eu preciso fazer?

– Ah, sim, muitas coisas, só que ainda não consigo pensar nelas. Olhe só, encontrei isto.

O menino tirou do bolso algumas cascas redondas e espinhosas.

– Castanhas, de comer.

– Sim, eu sei onde você as conseguiu – disse João Pequeno –, mas não estão boas. Olhe.

Ele rasgou uma das cascas e abriu a opulenta noz marrom; mas, como disse, não servia para nada, não havia nenhum caroço doce e sólido dentro, nada além de uma substância seca e lanuda.

– Nada bom – continuou o grande homem da floresta. – Mas vou lhe mostrar uma árvore que dá umas nozes boas, só que elas ficam melhores se forem deixadas no pé até se soltarem da casca.

– Mas daí os porcos as pegam – disse Robin.

– Então você deve se levantar antes dos porcos e chegar primeiro. Epa! O que foi isso?

Pois uma corneta foi tocada a distância, e os homens sob o grande carvalho puseram-se de pé, enquanto Robin Hood saía para ver o que significava aquele toque.

O jovem Robin, que agora estava bastante acostumado aos hábitos dos habitantes da floresta, pegou seu arco como os demais e ficou olhando ansioso na direção de onde as notas alegres da corneta foram sopradas.

Não precisou esperar muito, pois seis homens vestidos de verde vieram marchando em direção a eles com um par de prisioneiros, cada um deles com as mãos atadas atrás de si por uma corda de arco e uma tira larga de pano amarrada sobre os olhos, para que não soubessem o caminho de volta para a fortaleza dos fora da lei.

– Prisioneiros! – disse o jovem Robin.

– Homens pobres também – resmungou João Pequeno.

– Então você vai dar-lhes o jantar e mandá-los embora amanhã de manhã – disse o jovem Robin.

– Suponho que sim – respondeu João Pequeno –, mas não sei o que fez com que nossos companheiros os trouxessem.

– Vamos lá ver – falou o jovem Robin.

João Pequeno seguiu enquanto o menino marchava, de arco na mão, até onde Robin Hood estava parado, esperando para ouvir o que seus homens tinham a dizer sobre os prisioneiros que traziam. E, ao se aproximarem, o menino viu que um deles era um homem simples de aparência pobre, com ombros projetados para a frente, e o outro, bem vestido, com roupas de cores tristes,

magro e curvado. Mas o menino pouco conseguia ver, devido à tira larga de pano que quase cobria o rosto do prisioneiro e estava amarrada com força sobre seus longos cabelos grisalhos, enquanto sua barba grisalha e comprida pendia solta.

O jovem Robin olhou com pena para aquele prisioneiro e foi tomado por uma ânsia de afrouxar a tira apertada que amarrava as mãos do homem em suas costas e tirar o pano para que ele pudesse respirar livremente, mas bem nessa hora Robin Hood gritou:

– Ora, meus rapazes, quem temos aqui?

Com isso, o prisioneiro curvado e de cabelos grisalhos endireitou-se e gritou:

– É Robin Hood quem está falando?

Antes que o fora da lei pudesse responder, ele foi interrompido por um grito: do menino, que largou seu arco e disparou para perto do prisioneiro.

– Pai! – gritou, e ele saltou, tão ativo agora como um dos cervos da floresta, para lançar os braços ao redor do pescoço do prisioneiro.

Mas apenas por um instante.

No seguinte, ele caiu no chão e olhou ao redor com hostilidade para os homens espantados, enquanto puxava a adaga dependurada em seu cinto.

– Quem ousou fazer isso? – gritou, enquanto estendia a mão para rasgar o pano do rosto inclinado em sua direção, e em seguida deu meia-volta para começar a serrar a tira que prendia as mãos de seu pai.

O jovem Robin Hood

João Pequeno deu um ou dois passos à frente para ajudar o menino, mas Robin Hood ergueu a mão para impedi-lo, e um silêncio mortal caiu sobre o grande grupo de habitantes da floresta que avançaram e que assistiram ansiosos à cena diante deles sob o sol delicado cor de âmbar que atravessa inclinado entre as árvores. A tarefa era difícil, mas o pequenino trabalhou bem, e não levou muito tempo para que as mãos do prisioneiro estivessem livres. E, como se não estivesse vendo ninguém além do pequeno habitante da floresta vestido de verde diante dele, e de todo indiferente a tudo que estava ao redor, ele caiu de joelhos, apertou o menino contra o peito e sussurrou baixinho as palavras:

– Graças a Deus!

Os braços do jovem Robin rodeavam com firmeza o pescoço do pai a essa altura, e ele estava beijando o rosto cansado repetidas vezes.

– Eles não sabiam quem você era, pai. Não sabiam quem você era – gritou o menino com fervor, como se pedisse perdão ao pai pela atrocidade cometida contra ele.

– Não, Rob – disse o xerife, com a voz embargada. – Eles não sabiam quem eu era. Mas você reconhece o seu pobre pai.

– Eu reconheço o senhor! – gritou o menino, olhando para o pai com admiração. – Ora, sim; como demorou para vir me buscar.

– Sim, sim, meu menino. Um longo, longo ano de sofrimento e tristeza, mas eu o encontrei agora, finalmente.

– Oh! Fico feliz – gritou o menino, lutando para se libertar e pegando a mão do pai para conduzi-lo até onde Robin Hood e Marian estavam parados, com os olhos úmidos, observando.

– Este é o meu pai – falou o menino, cheio de orgulho. – Este é Robin Hood, o capitão, pai – continuou ele, e o xerife fez uma reverência solene. – E esta é Marian, que tem sido muito boa para mim.

O xerife curvou-se lenta e solenemente, como que diante da maior dama do país, e então o menino foi puxado pela mão do pai.

– E este é o velho João Pequeno, pai – falou, sorrindo. – Digo, ele não é grande?

O xerife curvou-se mais uma vez, e o rosto do grande fora da lei exibiu uma expressão tão cômica de perplexidade que Robin Hood riu alto e completou a confusão de seu grande seguidor.

– Ele tem sido muito bom para mim, pai – falou o jovem Robin. – Agora eu consigo atirar com arco e flecha e tocar minha corneta de chifre. Ouça!

O menino apertou a corneta entre os lábios e soprou algumas notas alegres que ecoaram pelas clareiras da floresta. Os homens fizeram uma calorosa ovação.

– O senhor é bem-vindo à floresta, senhor xerife – disse Robin Hood, avançando agora com a mão estendida. – Não a tome como a mão do fora da lei, nem estenda a sua como xerife; mas que seja uma saudação entre dois ingleses, um dos quais recebe um convidado.

– Agradeço-lhe, senhor – disse o xerife. – Não posso lhe dar nada além de agradecimento, pois, após um ano de tristeza, descobri que meu filho está, afinal, vivo e bem.

– E espero que não esteja pior do que quando o acidente o colocou em nossas mãos. O que diz? Acha que ele está mudado?

– Maior e mais forte – respondeu o xerife, puxando o menino para mais perto de si, enquanto o pequenino se agarrava à sua mão.

– Nossa vida na floresta; e eu lhe garanto, senhor xerife, que ele não está nada pior, pois é o rapazinho mais verdadeiro e generoso que já conheci. Aqui, pequeno xará, conte a seu pai que você tem sido um bom menino desde que chegou aqui para ficar.

O jovem Robin ficou em silêncio e olhou de um para o outro de uma forma envergonhada.

– Ora, garoto, por que você não fala? – perguntou Robin Hood com alegria. – Quero que o senhor xerife saiba que nós não estragamos você. Ande, conte para ele. Você tem sido um bom menino, não tem?

O jovem Robin baixou a cabeça.

– Não – disse ele lentamente, com a testa franzida, a cabeça baixa e um pé roçando devagar a grama musgosa. – Não, nem sempre.

João Pequeno teve um acesso tremendo de gargalhadas e começou a andar de um lado para o outro, e com isso o jovem Robin se lançou contra ele e tentou em vão subir e tapar os lábios do grande sujeito com a mão.

– Não! Não conte – gritou o menino.

– Veio para cima de mim, ontem mesmo – gritou João Pequeno –, e começou a me bater com vontade.

– Não seja futriqueiro, João Pequeno – gritou Robin Hood, rindo. – Pronto, Rob, você deve perdoá-lo; nenhum de nós é perfeito. Senhor xerife, e, mesmo se o seu camaradinha tivesse sido assim, não acho que todos nós, cada homem aqui, o teríamos amado tanto. Mas, convenhamos, depois de sua confissão, acho que você vai concordar com uma coisa, e isto é que, apesar de ele ter passado um ano no acampamento dos fora da lei, ele é honesto como o dia.

– Nada poderia fazer meu garoto Robin mentir – disse o xerife com orgulho. – Mas, senhor, é com humildade que venho ao senhor agora. Fico feliz até mesmo por ser seu prisioneiro, para que eu possa mais uma vez ver meu filho.

– Meu prisioneiro se tivesse vindo até nós com seu grupo de homens armados, senhor – disse Robin Hood com orgulho. – Da forma como veio, senhor xerife, sozinho com seu guia, eu lhe dou as boas-vindas à nossa casa no bosque. O destino fez de mim o que sou: inimigo do xerife, porém amigo do gentil visitante. Venha, Rob, meu menino, mostre a seu pai onde ele pode tirar a sujeira da viagem e, em seguida, traga-o para nossa humilde mesa.

O dia seguinte seria o último do jovem Robin com os fora da lei no Bosque Contente, e todos se reuniram para se despedir dele e vê-lo em segurança com o pai na estrada. Mas não como o xerife chegara, cansado e a pé, pois seis das melhores mulas estavam a caminho, e os convidados iriam cavalgar de volta para casa.

Quem não sabe como é difícil dizer adeus? O jovem Robin só o fez quando chegou a hora.

Ele acordou naquela manhã animado e ansioso para começar o dia, pois voltaria para casa na companhia do pai que ele amava. Mas, quando chegasse a hora, descobriria como seu coração havia se apegado profundamente à vida sob a árvore do bosque. Tudo para ele se tornara caro, e havia quase a carga inteira de uma mula com tesouros e bichos de estimação de sua própria coleção que não podiam ser deixados para trás.

E, após serem embalados com todo cuidado em cestos por João Pequeno e um dos homens, havia a tarefa de dizer "até logo" a todos eles, e então essas duas palavras ficavam cada vez mais difíceis.

Mas ele falou com coragem e bem, apesar da sensação de engasgo, até quase chegar ao último.

– Pois vou voltar – disse ele –, e você vai cuidar do meu cervo de estimação para mim, João Pequeno, e lembre-se sempre de alimentá-lo bem. E não se esqueça do cachorro e daquela ratazana que não conseguimos encontrar, para que eu possa ficar com eles quando voltar, e...

Croque!

O que foi isso?

Foi um som peculiar emitido por João Pequeno, e foi uma gota de água que caiu no rosto do jovem Robin. O menino olhou para cima com espanto, viu que havia duas grandes lágrimas rolando pelas bochechas do amigo, enquanto ele o pegava nos braços e o beijava.

E foi assim que, quando o jovem Robin correu para se despedir de Marian, não conseguiu mais se conter. Enquanto cerrava

O JOVEM ROBIN HOOD

os braços em volta do pescoço dela e a beijava repetidas vezes, os soluços vinham rápido, mas a palavra *adeus* não vinha de jeito nenhum. Quando eles partiram, o menino não ousou olhar para trás, por medo de os homens verem seus olhos vermelhos e inchados. Então ele apenas acenou com o chapéu e continuou acenando até o fim.

Mas ele voltaria a ver alguns de seus amigos, pois, cerca de um ano mais tarde, o xerife de Nottingham recebeu em casa os visitantes mais estranhos de sua vida, e o jovem Robin gostou da tarefa de recebê-los. Pois, como diz uma velha história, Robin Hood foi perdoado e restituído pelo rei de suas posses legítimas, e então foi recebido pelo xerife com alegria, que disse estar honrado pela visita do nobre e de sua senhora.

Mas para o jovem Robin não significava nada que seu velho amigo fosse um conde, e sua senhora, uma condessa. Para ele, ainda eram Robin Hood e a querida Marian, e o grande João Pequeno, seu seguidor, seu velho amigo e companheiro, cheio de memórias de seus anos de vida feliz no Bosque Contente.